Natanis est adapté du texte original de Christine Sioui Wawanoloath « Natanis and the Little People », paru dans *The Native Perspective*, vol. 2, no. 5, 1977.

Nous remercions le Conseil des Arts du Canada ainsi que la Société de développement des entreprises culturelles du Québec (SODEC) pour l'aide accordée à notre programme de publication. Nous reconnaissons l'aide financière du gouvernement du Canada par l'entremise du Programme d'aide au développement de l'industrie de l'édition (PADIE) pour nos activités d'édition.

Le Loup de Gouttière
347, rue Saint-Paul
Québec (Québec)
G1K 3X1
Téléphone : (418) 694-2224
Télécopieur : (418) 694-2225
Courriel : loupgout@videotron.ca

Dépôt légal, 4e trimestre 2005
Bibliothèque nationale du Québec
Bibliothèque nationale du Canada
ISBN 2-89529-112-8
Imprimé au Québec

Christine Sioui Wawanoloath

Natanis

CONTE

Illustrations
Christine Sioui Wawanoloath

Les loups rouges

Je remercie Richard Kedzior, mon fidèle compagnon, pour ses encouragements et son aide à la réalisation de ce projet.

Cette histoire est dédiée à tous les cœurs d'enfant et plus particulièrement à mes fils, Alexis et Maxime-Auguste Wawanoloath.

UNE RENCONTRE FANTASTIQUE

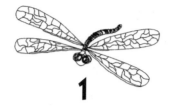

1

Natanis était un jeune garçon qui vivait, il y a très longtemps, dans un village abénakis sur les bords de la rivière Alsigôntegw. Il allait courir et jouer dans la forêt tous les jours avec son amie Popokua. Ils escaladaient les collines et sautaient par-dessus la petite crique entre le grand marais et la rivière. Ils s'inventaient des jeux toujours nouveaux.

Mais un matin, Popokua fut frappée par une fièvre et dut rester couchée pendant quelques jours. Elle ne pouvait pas accompagner Natanis dans la forêt comme d'habitude. Alors il partit seul dans les bois et les clairières. Mais ce n'était pas aussi agréable sans sa meilleure amie. Il marchait sans but, mangeant des baies, écoutant le chant des hirondelles nichées sur les rebords sablonneux de l'escarpement qui dominait la rivière. Natanis alla s'asseoir sous un gros pin près du marais. Il se mit à penser aux histoires qu'il avait entendu raconter à propos du petit peuple qui vivait dans la forêt, les Megumowesos.

Bien qu'il n'en eût jamais rencontré, ces êtres fabuleux faisaient partie de l'univers de Natanis depuis toujours.

Ils avaient été créés bien avant les humains par Tabaldak, l'Esprit de la création. Tabaldak, ayant fabriqué des êtres de pierre pour peupler la terre, les trouva tellement balourds qu'il les pulvérisa par la foudre. Toutefois les éclats de pierre contenaient toujours le souffle divin de Tabaldak. Ils se transformèrent en Megumowesos. Ces petits êtres jouaient de la flûte enchantée et pouvaient accomplir des exploits surnaturels.

Natanis pensa ensuite à l'histoire de la création des humains. Tabaldak avait décidé de les concevoir dans les magnifiques frênes qui ondulaient dans le vent. « Les humains seront nobles et fiers comme ces arbres », se

disait-il. C'est ainsi que les Wabanakis étaient nés des arbres.

La chaleur du soleil et le chant des grillons finirent par donner à Natanis envie de dormir un peu. Il s'endormit profondément.

Soudain, quelque chose toucha son pouce, puis il entendit une voix étrange.

— Réveille-toi, allons, réveille-toi, enfant des arbres ! Tu es assis sur mon sac qui contient ma flûte et ma pipe. Réveille-toi donc !

Natanis ouvrit les yeux et, quel grand prodige, il vit près de sa main un homme minuscule pas plus haut qu'un jeune épi de maïs. Tout étonné, Natanis lui répondit :

– Ton sac ? Je te demande pardon, mais je n'ai pas vu de sac quand je me suis assis ici tout à l'heure.

Il se leva, regarda par terre et aperçut en effet un petit sac écrasé contre le sol. Le petit homme le prit, l'ouvrit et en retira un petit bâton, qui devait être la fameuse flûte, ainsi que des morceaux d'argile, qui devaient être les restes de la pipe. Le petit homme regardait Natanis avec des éclairs dans les yeux.

– Regarde, cria-t-il, tu as tout brisé ! Il ne reste que des morceaux.

Natanis, tout penaud, essaya de s'excuser. Mais le petit homme resta quand même irrité. Il lui dit qu'il allait l'emmener à son campement pour que Natanis lui fabrique un nouvel instrument et une nouvelle pipe. Natanis objecta qu'il était bien trop grand pour se rendre au campement du petit peuple et qu'il risquait de casser encore bien d'autres choses. Le petit homme ne répondit pas. Il toucha plutôt la jambe de Natanis avec une épine d'aubépinier qu'il tira de sa ceinture.

– Kii ! hurla Natanis, qui se sentit aussitôt pris d'une nausée, comme s'il tombait dans un trou à toute vitesse.

Il devenait de plus en plus petit. Il se vit descendre à la hauteur des yeux du petit homme, puis continua à rapetisser jusqu'à ce que sa tête arrive au niveau du menton de ce dernier.

– À présent, suis-moi, lui dit le petit homme de sa voix un peu étrange qui manquait maintenant de conviction.

Le Megumoweso malcommode commençait à regretter sa décision mais était bien trop orgueilleux pour reculer.

LE VOYAGE

2

Ils se mirent à marcher dans les très grandes herbes qui menaient jusqu'au bord du marais. Elles avaient désormais les dimensions d'une forêt. Sur leur chemin, ils effrayèrent un papillon qui s'envola juste au-dessus de leurs têtes. Parce qu'il était si proche, Natanis put admirer les ailes merveilleuses du papillon, d'un jaune éclatant criblé de picots noir brillant. Mais ce n'était que le début de son aventure. Ils étaient parvenus au bord du grand marais. Le petit homme montra du doigt ce qui semblait être une grosse roche verte et dit à Natanis :

– Nous allons monter sur Tolbâ, ma tortue. Elle nous amènera au campement.

Natanis n'arrivait pas à croire ce qui se passait. Il s'assit derrière le petit homme sur la grande tortue et celle-ci se mit à nager doucement parmi les herbes et les lis d'eau. Les choses qui étaient ordinairement plus petites que Natanis avaient maintenant des tailles gigantesques. Une grenouille sortit sa tête de l'eau et le fit trembler d'effroi. Des libellules bleutées le survolèrent, leurs quatre ailes puissantes vrombissant si fort qu'il en fut assourdi.

Durant sa traversée du marais, Natanis découvrit des tas d'insectes se promenant sur l'eau. Des *patineurs* glissaient à toute vitesse sur leurs longues pattes comme sur des coussins d'air. Puis il remarqua des gros insectes d'un gris brillant qui nageaient sur le dos à toute allure. Leurs pattes de nage ressemblaient aux pagaies utilisées pour naviguer en canoë. Pour Natanis, ils avaient la taille de chiens. Autour de Tolbâ tournoyaient inlassablement de petits insectes orangés. Des hirondelles descendaient du ciel pour venir les gober avec adresse et élégance.

Une longue couleuvre verte nageait lentement à côté d'eux, semblant vouloir vérifier qui naviguait sur Tolbâ. Puis, dans un clapotis d'eau, un rat musqué s'éloigna à toute vitesse. En levant la tête vers le ciel, Natanis remarqua une magnifique toile d'araignée, étincelante de lumière, tendue entre des feuilles de quenouilles.

Leur bateau tortue se dirigeait vers l'est, là où le soleil se lève. Natanis pensait que le voyage était bien plaisant, à cause des merveilles qu'il découvrait. Il rêvassait, un sourire ravi aux lèvres. Il aurait voulu que Popokua soit là. Elle se serait étonnée de tout et aurait ri de plaisir en voyant ce monde avec les yeux d'un papillon. Mais il n'avait pas la patience de son amie. Il se dit qu'il serait allé bien plus vite s'il avait eu sa taille normale.

LE TRAVAIL AU CAMPEMENT

3

Guidée par l'étrange Megumoweso, la tortue s'approcha de l'autre rive du grand marais. Natanis et le petit homme descendirent à terre et traversèrent une clairière dégagée en direction des bois. Natanis n'avait pas peur, car dans les histoires qu'il avait entendues, le petit peuple était doux et timide. Il était tout excité et avait très hâte de rencontrer les Megumowesos. Il suivit donc le petit homme d'un pas léger. Au fur et à mesure qu'ils avançaient, Natanis put apercevoir un endroit entouré par des pins et des épinettes à la taille colossale. Il y avait là assez d'espace pour laisser passer la lumière du soleil et réchauffer le campement et ses petits habitants. Des wigwams faits d'écorce de bouleau blanc ornaient les racines des arbres affleurant à la surface, tels de gros champignons, remarqua Natanis. Au milieu du campement brûlait un petit feu de brindilles et d'aiguilles de pin

Le petit homme ne semblait plus aussi en colère qu'avant, mais il ordonna à Natanis de le suivre jusqu'à son wigwam. À l'intérieur, il lui donna le matériel nécessaire pour fabriquer une flûte. Il sortit en lui disant qu'il allait chercher de l'argile pour confectionner la pipe. Natanis s'assit à l'entrée du wigwam et se mit patiemment au travail, levant la tête de temps en temps pour voir ce que les Megumowesos faisaient. Ils vaquaient à leurs propres travaux, mais semblaient surpris et un peu agités chaque fois qu'ils regardaient dans sa direction.

Natanis exécuta bien ses tâches. Il perça délicatement des trous dans le mince roseau qui devint une flûte. Heureusement, il avait toujours observé son grand-père qui excellait dans la fabrication des flûtes. Il en avait même fabriqué une tout seul pour pouvoir jouer des petites mélodies à sa sœur Élali qui était encore un bébé. Il décora la flûte d'une plume d'oiseau-mouche tombée par hasard à côté de lui.

La pipe fut plus difficile à produire. Mais il avait regardé faire sa grand-mère depuis qu'il était tout petit. Tous les gens de son village disaient qu'elle était la meilleure fabricante de pipes d'argile. En effet, toutes ses pipes étaient ornées de motifs et parfois de dessins d'animaux et de figures humaines. Comme il n'en avait jamais fait, il dut recommencer trois fois. Il façonna l'argile en un rouleau assez épais, puis évasa une des extrémités, où le petit homme pourrait mettre son tabac. Après, il enfonça une tige dans l'argile humide pour faire un trou. Puis, il eut une idée. Il façonna une tête humaine ressemblant à celle du petit homme. En fait, elle était pareille à la sienne, des sourcils froncés lui donnant un air fâché.

QUE FAIRE DE NATANIS ?

4

Enfin, lorsqu'il eut presque terminé son travail, une grande partie de la journée s'était écoulée. Natanis voyait maintenant le soleil s'étirer à l'ouest et il se demanda quand il serait libéré. Il vit alors une très belle dame s'approcher. Souriante, elle vint s'asseoir près de lui.

– Bonjour, enfant des arbres, lui dit-elle. Je m'appelle Mamijôla. Et toi ?

– Natanis.

– Eh bien, Natanis, montre-moi ce que tu tiens dans tes mains.

Intimidé, Natanis lui tendit la pipe en baissant les yeux.

– C'est une pipe que j'ai fabriquée pour remplacer celle que j'ai brisée. Il ne reste plus qu'à la faire cuire.

Mamijôla regarda le visage sculpté de près puis se mit à rire aux éclats.

– Quel bon artiste tu es, Natanis ! C'est tout à fait mon mari Kôgw !

Elle prit alors la pipe au creux de ses mains, ferma les yeux, souffla dessus puis la redonna à Natanis. Elle était toute chaude et sèche comme si Mamijôla l'avait cuite. Natanis était émerveillé et ne sut que dire devant ce prodige. Mamijôla commenta :

– C'est un de nos pouvoirs magiques. Kôgw n'aurait pas dû t'emmener ici. Nos aînés sont fâchés contre lui. Ils ne savent pas quoi faire de toi. Certains disent que tu devrais rester ici pour toujours et devenir un des nôtres. Ils ne veulent pas que notre village soit découvert. Kôgw a un bien mauvais caractère. Lorsqu'il a vu que tu avais cassé sa pipe et sa flûte, il a ressenti une telle colère qu'il a voulu te punir. Il regrette à présent de l'avoir fait, mais tout le monde connaît ta présence ici maintenant.

Natanis se sentit alors très triste. Il ne pouvait s'imaginer être séparé de sa famille, de ses amis et de Popokua pour toujours. Il dit :

– Mamijôla, mes parents doivent être très inquiets, ils sont sûrement à ma recherche. Ils ne me retrouveront jamais ! Je ne veux pas faire de mal à votre peuple.

Elle lui répondit :

– Je te crois, enfant des arbres. Je vais aller en parler avec les Anciens et ils décideront avec sagesse. Ne t'inquiète pas.

Natanis pensa à s'échapper, mais avec sa nouvelle petite taille, il aurait eu trop de difficultés à affronter. La distance entre son village et le campement du petit peuple était trop grande, il ne serait pas arrivé à la maison vivant. Alors il décida de faire confiance à Mamijôla et d'attendre son retour.

DE NOUVEAUX AMIS !

5

Natanis n'avait pas remarqué que deux enfants l'observaient attentivement. Le plus grand était un garçon. À ses côtés se tenait une fille plus jeune. Ils avaient à peu près l'âge de Natanis.

– Bonjour, dit le garçon. Je m'appelle Kinus. Voici ma sœur Quasis. Nous sommes les enfants de Kôgw et de Mamijôla. Nous étions partis aider notre mère et les autres femmes à ramasser des baies. Nous venons juste de revenir et notre père nous a parlé de toi.

– C'est très excitant d'avoir un enfant des arbres dans notre campement pour la première fois, lui confia Kinus avec un grand sourire.

Natanis leur dit son nom et d'où il venait. Oubliant presque ses craintes, il commença à leur poser des tas de questions.

– Comment des petites personnes comme vous arrivent-elles à cueillir des baies sur des arbustes aussi grands ? À moins que vous attendiez que les fruits tombent par terre ?

– Eh bien, ce n'est pas exactement comme cela que nous faisons, répondit Kinus. Nous avons demandé ce matin au renard de nous aider.

Nous sommes montés sur son dos et nous avons secoué les arbustes. Les fruits sont tombés sur le sol et nous n'avons eu qu'à les ramasser pour les mettre dans nos paniers.

— Vous avez demandé à Kwankwoses le renard ! s'écria Natanis avec surprise. Comment pouvez-vous demander de l'aide à un renard, est-ce que vous lui parlez ?

— Bien sûr, lui dit Kinus. Nous savons parler aux animaux. Nous ne les tuons pas. Nous n'avons pas besoin de leur viande ou de leur peau, parce que nous ne mangeons que des fruits et des graines. Nous portons des vêtements que nos mères tissent avec les plumes perdues par les oiseaux. Les animaux sont nos amis. À moins qu'ils nous menacent, comme Mikowa l'écureuil, qui a essayé ce matin de voler nos provisions de châtaignes pour l'hiver. Tu vois, notre père est brave et n'a peur de rien. Il l'a chassé et l'a bien effrayé. Alors l'écureuil n'essaiera plus de venir nous voler.

– Tous les gens de notre campement sont au courant de ce que notre père a fait quand il a constaté que tu avais écrasé son sac, ajouta Quasis. Malheureusement, il n'a pas pu retenir sa colère et te voilà parmi nous.

– Je le vois bien, dit Natanis. Je suis désolé de ce qui est arrivé, j'aimerais beaucoup pouvoir rentrer chez nous.

– Ne t'inquiète pas, lui répondit Kinus. Je vois que ma mère est en train de parler avec les autres adultes et...

Alors que Kinus disait ces mots, Natanis sentit un souffle lourd tout près de lui. Il se retourna et vit la figure d'une immense belette qui le regardait.

– Kiiii ! cria Natanis si fort que tout le monde le regarda avec étonnement.

Kinus et Quasis éclatèrent de rire.

– C'est notre belette, Sagwasis, le rassurèrent-ils. Elle reste autour du campement pour nous protéger. C'est un animal féroce et loyal. Bon, on va lui dire de partir.

Natanis se sentit mieux et leur demanda pourquoi ils avaient besoin d'une belette près de leur campement.

– Eh bien, vois-tu, lui expliqua Quasis, nous sommes très petits. Nous ne pourrions pas survivre bien longtemps dans la forêt si nous n'avions pas de pouvoirs magiques. Ils nous permettent de parler avec les animaux et de faire en sorte qu'ils nous aident, comme la belette, le renard et les oiseaux sur le dos desquels nous pouvons voler. Et puis nous essayons de les aider aussi quand c'est nécessaire. Nous soignons les bêtes blessées.

Natanis était las d'avoir travaillé sans bouger une partie de la journée. Il eut envie de jouer et de courir un peu.

– Voulez-vous jouer avec moi ? leur proposa-t-il.

– Bien sûr ! répondirent-ils en chœur.

– D'abord, je voudrais faire un peu la course et grimper aux arbres, suggéra Natanis

– D'accord, dit Kinus. Mais, Natanis, tu dois nous suivre, parce qu'il y a des épouvantails autour de notre camp. Sinon tu risques de te faire attraper par une patte, enfant des arbres.

Et Kinus et Quasis détalèrent en riant en direction d'une clairière.

DES JEUX EXTRAORDINAIRES !

6

Les enfants sautèrent sur des grosses mottes de terre, sur des branches qui ressemblaient à des troncs d'arbre et ils firent le tour du camp à la course. Natanis faillit buter sur une file de fourmis noires géantes affairées à rapporter des petites graines chez elles. Quasis le dépassa en s'esclaffant. Elle courait bien plus vite que l'enfant des arbres ! Ils arrivèrent finalement de l'autre côté du camp et s'assirent sur une belle roche plate encore chaude des rayons de soleil qui l'avaient éclairée toute la journée.

– Natanis, viens jouer aux champignons ! s'écria Kinus en se levant avec entrain.

– Aux champignons ? Qu'est-ce que c'est ?

– Ah, tu ne connais pas ?

Quasis lui expliqua :

– On prend des champignons très spongieux et résistants. On en attache un gros sous chaque pied, on empoigne deux longs bâtons, puis on saute en rebondissant très haut, en essayant de ne pas tomber. C'est très amusant, tu vas voir ! Ça fait tourner la tête et on attrape le vertige.

Il fallait les voir, tous les trois, rebondir à gauche, à droite et de travers, pousser des petits cris de joie ou de surprise quand ils se cognaient l'un contre l'autre !

Les nouveaux amis de Natanis lui proposèrent ensuite d'aller à la chasse aux framboises.

– On pourra se peinturer en rouge en les mangeant ! s'exclama Kinus.

– On va aller chercher les costumes et les tire-boulettes en tige de sureau, dit Quasis. Ah oui, et puis les lassos en tige de chardon.

– Comment faites-vous pour ne pas vous piquer avec les ronces de framboisiers ? s'enquit Natanis.

– Regarde, nous avons une protection en écorce de bouleau pour les bras, les jambes et le corps. Nous avons même des chapeaux en petite écorce !

Les enfants enfilèrent leurs protections d'écorce lorsqu'ils arrivèrent devant un plant de framboises. Avec le lasso, Kinus réussit à attraper une branche haute et la fit plier vers le sol. Puis Quasis et lui prirent leur tuyau de tige de sureau, mirent une boulette de gomme de pin séchée dedans, visèrent et tirèrent sur les gros fruits rouges.

– Moi aussi, je veux essayer ! s'écria Natanis, tout excité.

Kinus lui prêta son tire-boulettes. Natanis visa, souffla très fort et pof ! il atteignit une belle framboise qui tomba au milieu des framboisiers.

– Il faut aller les chercher sans se faire piquer, dit Quasis en marchant adroitement à travers les plants.

Les enfants récoltèrent un gros tas de framboises qu'ils mirent sur des feuilles de fougère roulées et tirèrent ensemble au campement.

LA TOUPIE MAGIQUE

7

– **M**aintenant, on pourrait jouer à la toupie magique, proposa Quasis.

Elle alla chercher dans leur wigwam la mystérieuse toupie. C'était un gland de noisette vide percé d'une grosse épine d'arbre, tout décoré de couleurs brillantes. Alors Kinus et elle se mirent à jouer à la flûte un air joyeux et rapide que Natanis n'avait jamais entendu. Soudain, la toupie se redressa toute seule et se balança au gré de leur mélodie. Natanis ouvrit grand les yeux.

– Qu'est-ce qui va se passer, comment joue-t-on à la toupie ?

– Bon, la toupie s'est réveillée, expliqua Kinus. On va lui poser chacun notre tour une question et elle va nous répondre ! Qui commence ?

– Moi, moi ! insista Quasis avec enthousiasme.

– D'accord, alors pose ta première question, petite sœur.

– Ô, belle toupie pleine de couleurs, dis-moi si je trouverai des fleurs jaunes d'enchantement dans le pré près de la grande rivière.

La toupie se mit à tourner, toujours en se balançant, de plus en plus vite. Elle s'éleva soudain dans les airs en tournoyant et se mit à danser autour des enfants. Puis elle décrivit des cercles de plus en plus petits et se posa délicatement sur la tête de Quasis, où elle s'arrêta. Quasis la saisit en criant :

– Oui ! Je vais en trouver, a dit la toupie. Et beaucoup. Demain, j'irai en chercher. Au tour de Natanis.

– Euh, ô, belle toupie magique, demanda timidement le garçon, est-ce que mon amie Popokua va vite guérir de sa fièvre ?

La toupie tourna, tourna, monta en l'air, puis tapa sur le sol deux fois avant d'atterrir dans la main de Natanis. Kinus lui expliqua :

– La toupie a dit que ton amie sera guérie dans deux jours, c'est certain, Natanis.

– Je suis bien content, j'ai hâte de la revoir… et de revenir jouer avec vous si nous le pouvons.

– Bon, fit Kinus, à moi. Jolie toupie, jolie toupie qui tournoie et sait tout, dis-moi où habite le grand lièvre qui peut me transporter sur son dos aussi vite que le vent !

Et la toupie, au lieu de tourner, s'éleva lentement. Puis elle se mit à danser, allant de gauche à droite plusieurs fois en direction du nord. Et elle retomba doucement aux pieds de Kinus.

– Je dois marcher vers le nord en écoutant le vent dans les sapins et là je retrouverai le grand lièvre. Moi aussi, je partirai le voir demain !

LE RETOUR

8

Le temps du repas était venu dans le campement, alors les enfants allèrent chercher à manger. Ils rapportèrent un coquillage rempli de bleuets et un bol sculpté dans un nœud d'arbre plein d'eau de pluie. Il y avait aussi des petits gâteaux de farine de noisette et de miel. Natanis trouva ce repas vraiment délicieux.

Après le souper, Mamijôla revint voir Natanis.

– J'ai parlé avec nos sages, lui dit-elle. Ils veulent bien te laisser partir, mais tu devras promettre de ne jamais nous chercher dans la forêt. Kôgw a brisé une de nos règles et sera puni pour t'avoir amené ici. Il n'aura pas le droit de quitter le campement durant trois lunes. Cela sera très dur pour lui parce qu'il aime beaucoup aller en forêt. Mais il reconnaît son erreur et accepte sa punition. Je vais appeler Mkazawi le corbeau et lui demander de te ramener là où tu as été trouvé.

Tous les gens du village firent cercle autour de Natanis en jouant de leur flûte pour lui dire au revoir. L'étrange musique sonnait aux oreilles de Natanis comme un concert de chants d'oiseaux et de bruissements du vent dans les arbres. Les Megumowesos lui montraient par cette musique qu'ils avaient apprécié sa gentillesse et regrettaient qu'il parte si vite.

Mamijôla imita le cri du corbeau. Natanis entendit bientôt des bruissements d'ailes. Le gros oiseau noir se posa au sol près de Mamijôla. Elle lui murmura quelque chose à l'oreille puis dit à Natanis de grimper sur le dos du corbeau. Mamijôla mit un petit objet dans la main de Natanis en lui indiquant que c'était un souvenir de sa visite chez son peuple, une flûte pareille à celles des Megumowesos, taillée dans du bois de pin. Elle était teinte en vert et ornée de grains d'asclépiades jaunes et bleus. C'était un cadeau somptueux. Natanis en resta stupéfait. Mais Mkazawi était prêt à partir. Lorsqu'il fut bien installé, Natanis se retourna pour leur dire adieu et l'oiseau prit son envol.

Arrivé au-dessus des arbres, Natanis ne pouvait plus voir leur campement, seulement une petite fumée montant à travers les branches. Dans le grand paysage où il volait, Natanis distinguait les grosses fumées des feux de son village. Le voyage dans les airs fut bien plus rapide que celui qu'il avait fait à dos de tortue sur les eaux du marais. Natanis ne put s'empêcher de s'exclamer :

– Oh, Mkazawi, Esprit de la connaissance et des visions sacrées, j'avais tellement rêvé de pouvoir voler comme les oiseaux, me voilà sur ton dos, si haut dans les cieux ! Les étoiles commencent à briller et je vole, je vole avec toi !

– Natanis, je suis honoré de réaliser ton rêve, répondit le grand corbeau.

En quelques minutes, ils arrivèrent près du gros pin où Natanis avait rencontré le petit homme. Mkazawi se posa. Natanis descendit de son dos et se retrouva sur le sol de la forêt. C'est alors qu'il se sentit grandir. Mkazawi le surveilla et ne repartit que lorsque Natanis eut retrouvé sa taille normale. Le corbeau s'envola alors vers l'est, probablement en direction du campement des Megumowesos pour leur annoncer que tout allait bien.

Natanis se sentait tellement fatigué qu'il s'allongea sur le doux tapis des aiguilles de pin et s'endormit de nouveau, en prenant soin de mettre sa petite flûte dans le sac qu'il portait à la ceinture.

À son réveil, Natanis constata que le soleil était à son zénith. « Tiens, pensa-t-il, nous sommes en plein milieu de la journée. Quand j'ai quitté les Megumowesos, le soir allait tomber. » Il n'était pas encore allé très loin dans sa réflexion lorsqu'il vit arriver ses parents ainsi que les gens de son village. Il entendit son père dire à sa mère :

– Regarde, Natanis a pris un peu d'avance sur nous.

Son grand-père lui cria en riant :

– Eh bien, mon garçon, tu étais bien pressé de venir faire nos offrandes aux Megumowesos !

C'est alors que Natanis se souvint qu'aujourd'hui était le jour où les enfants des arbres allaient offrir du tabac aux enfants des pierres au bord de la forêt. Ils observaient cette coutume depuis des temps immémoriaux, depuis l'époque où les deux peuples avaient fait un pacte de paix entre eux.

Natanis accompagna les siens jusqu'au bord de la rivière à l'orée de la forêt. Tout le monde entonna une chanson traditionnelle, les anciens déposèrent du tabac sur les pierres et récitèrent l'histoire de la paix entre les deux peuples. Puis ils retournèrent au village afin de laisser les Megumowesos venir chercher leurs présents en toute quiétude. Natanis se demandait si cette aventure n'avait été qu'un rêve. Puis il se souvint de la petite flûte et vérifia si elle était toujours dans le sac. Elle y était ! Il se dit qu'il allait offrir ce cadeau à Popokua, juste pour la voir sourire. Il se promit aussi de lui faire le récit détaillé de son aventure le soir même.

POUR EN SAVOIR PLUS

Quelques mots abénakis

Alsigôntegw : rivière riche en coquillages, aujourd'hui appelée rivière Saint-François

Elal : petite biche, Élali dans le texte

Kinus : petit garçon, petit homme

Kôgw : porc-épic

Kwankwoses : renard

Mamijôla : papillon

Megumowesos : le petit peuple

Mikowa : écureuil

Mkazawi : oiseau noir, corbeau

Natanis : libellule

Popokua : canneberge

Quasis : jeune fille

Sagwasis : belette

Tolbâ : tortue

TABLE

L'AUTEURE ET ILLUSTRATRICE

Photo : Christiare Vuarnet, 2005

CHRISTINE SIOUI WAWANOLOATH est une artiste pluridisciplinaire. Née à Wendake, elle est wendate par son père et abénakise par sa mère. Depuis plusieurs années, elle explore différentes techniques en arts visuels, notamment l'illustration et la sculpture. Ses œuvres lui ont valu prix et reconnaissances au pays comme ailleurs dans le monde. Auteure, elle a écrit des pièces de théâtre et des contes qui ont paru dans différentes publications au Canada. Elle s'intéresse à la mythologie autochtone du nord-est de l'Amérique du Nord, aux pétroglyphes et au symbolisme universel. Elle vit aujourd'hui à Montréal où elle travaille pour Terres en vues, société de diffusion culturelle autochtone.

Collection
Les loups rouges

🗡 6 ans et plus

🗡🗡 7 ans et plus

🗡🗡🗡 9 ans et plus

Loup🗡+ 10 ans et plus

D'AUTRES HISTOIRES À DÉCOUVRIR !

Collection
Les Petits 🐾 Loups

▽ 6 ans et plus

▽ ▽ 7 ans et plus

▽ ▽ ▽ 9 ans et plus

Loup + 10 ans et plus

Achevé d'imprimer
en octobre 2005 sur les presses
de l'Imprimerie HLN
de Sherbrooke.